PAUL VÉROLA

L'École de l'Idéal

Comédie en vers, en trois actes

PARIS

BIBLIOTHÈQUE ARTISTIQUE ET LITTÉRAIRE

3, rue Bonaparte, 3,

1895

L'École de l'Idéal

Comédie en vers, en trois actes

Représentée pour la première fois au théâtre de l'Œuvre
sur la scène des *Menus-Plaisirs*
le 8 Mai 1895

DU MÊME AUTEUR

ROMANS

Les Accouplements, 1 vol. . . . . 3 fr. 50

Exempté, 1 vol. . . . . 3 fr. 50

L'Infamant, 1 vol. . . . . 3 fr. 50

VERS

Les Orages, 1 vol. . . . . *Épuisé.*

Les Baisers morts, 1 vol. . . . . 3 fr. »

Horizons, 1 vol. . . . . 3 fr. »

PAUL VÉROLA

L'École de l'Idéal

Comédie en vers, en trois actes

PARIS

BIBLIOTHÈQUE ARTISTIQUE ET LITTÉRAIRE

31, rue Bonaparte, 31

1895

A

RAOUL PONCHON

imparfait hommage
de ma grande admiration pour le poète
et
de mon affection profonde pour l'ami.

P. V.

PERSONNAGES

———

ADRIEN, mari de Jeanne.	MM.	Jean Frédal, *du Vaudeville.*
LE CLOS, peintre.		Camis.
DE MORANET-DUSSAC, poète . .		Nargeot.
ROMÈRE, poète		Cérusier.
JEANNE, femme d'Adrien	Mlles	Sanlaville.
FAUVETTE, maîtresse d'Adrien. .		H. Bertholy.
ROITELET, maîtresse de Moranet .		Fanny Zaessinger.

———

Pour tous renseignements de mise en scène, s'adresser
à l'Œuvre, 23, rue Turgot

ACTE PREMIER

Un grand salon sur le devant; un boudoir ouvert, à l'arrière-scène, pour permettre deux actions simultanées. Au lever du rideau, Jeanne et de Moranet-Dussac, causent sur le devant; Adrien, Le Clos et Romère sont dans le boudoir.

SCÈNE PREMIÈRE

DE MORANET, JEANNE

JEANNE.

Donc, si l'amour fidèle était contraire aux lois,
S'aimer sans se tromper ne serait plus bourgeois?
La beauté, c'est l'étrange, et l'art, c'est l'insolite!
L'étoile ne vaut pas, pour vous, l'aérolithe?...
Monsieur de Moranet, je vous crois un peu fou!

DE MORANET.

Mais alors, ces messieurs...

JEANNE.

Oh! fous autant que vous!

DE MORANET.

Votre mari, du moins, trouve grâce et j'espère
Que vous le proclamez bon époux et bon père.

SCENE II

LES MÊMES, ROMÈRE.

ROMÈRE.

Qui donc est bon époux et bon père ?

DE MORANET.

Adrien,
Mon cher! et toi, tu n'es qu'un sinistre vaurien,

JEANNE.

J'ai dit : fou !...

ROMÈRE.

C'est gentil, cela! car la folie
Fit le règne des fleurs et des lèvres jolies !

Sans tous les détraqués, Madame, sans les fous,
On ne vénérerait que patates et choux,
Et dans le cœur de votre époux, le nom de Jeanne
N'eût jamais évoqué des colonnes trajanes
Et des arcs triomphaux sous lesquels, cœur à cœur,
Il rêve de passer avec vous en vainqueur !

JEANNE.

Vous êtes éloquent et neuf, monsieur Romère !
Un faible effort, et vous découvrirez Homère.

DE MORANET.

Attrape ça, mon vieux ! Madame a fort raison !
Les grands mots n'ont jamais ouvert nul horizon,
Car la voix du canon n'assemble que nuages
Et seuls, les lointains purs évoquent les mirages.
La vérité, Madame, a toujours parlé bas.

JEANNE.

Raillez, Monsieur, raillez ! je ne vous entends pas !

DE MORANET.

Mais, Madame, il vous faut m'écouter au contraire,
Car vous me semblez triste et je veux vous distraire.
Romère ! laisse-nous !...

JEANNE.

Êtes-vous assez sot !
Romère, dit volcan ! Moranet, dit ruisseau !
Non ! restez tous les deux, l'ardent et le timide :
Le feu n'est pas de trop près de la source humide !

DE MORANET.

Ironie et beauté, Dieu vous fit tous les dons,
Madame ! Soit ! pour obéir, marivaudons !
Quelnom permettez-vous, Madame, qu'on vousdonne?

JEANNE.

Ma foi, Monsieur, le mien trop bourgeoisement sonne !

DE MORANET.

Mais, Madame, évoqué par l'azur de vos yeux
Le moins joli des noms devient délicieux !

ROMÈRE, à part.

Il est malin s'il peut apprivoiser ce fauve !
          (Il quitte le devant de la scène.)

SCÈNE III

JEANNE, DE MORANET

DE MORANET.

Oui ! vous avez raison de vous parer en mauve ;
Vous aimez les lueurs mourantes ; c'est fort bien !
Le corps s'y meut comme en un rêve aérien...

JEANNE.

Très bien ! bravo ! Jeanne !

DE MORANET.

        Non ! vous êtes navrante !
Pourquoi donc être ainsi toujours indifférente ?
Rien ne vous intéresse, rien !

JEANNE.

           Ce rien, Monsieur,
Me semble pour le moins un peu prétentieux,
Car vous ne me jugez en si grande détresse
Que parce que de vous je me désintéresse.

DE MORANET.

Cela, Madame, est plus que cruel !

JEANNE.

                         Soit ! Après ?
M'avez-vous témoigné jamais quelque intérêt,
Vous qui réclamez tant l'attention des autres ?

DE MORANET.

Mais, Madame, mes vœux furent toujours les vôtres ;
Car, pourquoi, près de vous, serais-je si souvent ?

JEANNE.

M'avez-vous jamais dit : « Comment va votre enfant ? »

DE MORANET.

C'est vouloir à tout prix, vraiment chercher querelle !

JEANNE.

Égoïsme bourgeois, et non battements d'ailes !...

DE MORANET.

Je dois vous l'avouer, vous me rendez pensif !
Quand donc ai-je tenu des propos subversifs ?
En tous cas, de mon crime involu, je m'accuse
Et dépose à vos pieds mes très humbles excuses :

Je saurai ne vous plus parler, dorénavant,
Que de nounou, de paix conjugale et d'enfant!

JEANNE.

Votre esprit que la soif du nouveau sèche et fêle
Ne pourra qu'y glaner bien des choses nouvelles,
Monsieur! et vous aurez un étonnement doux
A voir qu'on pleure et rit, même en dehors de vous!

SCÈNE IV

LES MÊMES; LE CLOS, qui s'est approché depuis
un instant.

LE CLOS, empêchant Jeanne de s'éloigner.

Mais non! c'est une erreur, Jeanne, une erreur immense!
C'est où l'être finit que l'art divin commence!
Aimer, souffrir, lutter, mais c'est terrestre et vain!
L'art qu'on comprend ou sent n'est plus un art divin!
Quoi? vous prônez encor le vieux parfum des roses?
Autant vaudrait, vraiment dire « je t'aime! » en prose;
Ce serait aussi neuf et non moins malséant!
Le seul parfum subtil, c'est celui du néant,

Comme il n'est de clartés qu'en la nuit éternelle!
Tenez clos votre nez! close votre prunelle!
Cœur, esprit, éteignez ces fumeux encensoirs,
Et vous pourrez enfin sentir, comprendre et voir!

DE MORANET.

Mais oui, Monsieur! A moins qu'oracle peu mystique
Vous ne prôniez lunette et cornet acoustique
Pour que l'aveugle voie et qu'entende le sourd!
C'est d'un pic moins précis que mon art à moi sourd.

(Il s'éloigne.)

SCÈNE V

JEANNE, LE CLOS

JEANNE.

Merci! vous êtes bon, vous, vous seul!

LE CLOS.

Mais en somme,
Monsieur de Moranet n'est pas un méchant homme,
Je vous l'assure! et vous, faut-il vous l'avouer,

Jeanne ? vous vous plaisez trop à le rabrouer !
Bien vrai ! vous avez un peu tort !

JEANNE,

C'est que je souffre !
J'allais vers un sommet et je tombe en un gouffre.
Je croyais que l'artiste était un clair flambeau
Indulgent à tout, mais n'éclairant que le beau ;
Je rêvais des cieux neufs, de neuves latitudes
Morts aux éclosions des noires turpitudes ;
Quand on aime, on voudrait tout si beau, près de soi !
Oh ! non ! j'ai trop souffert, durant ces derniers mois ;
Mon ami ! tous ces gens, je les ai pris en haine !
Tenez ! écoutez-moi cet art chargé de chaînes
Qui se traîne ! Voilà le rêve aérien
Qui fleurit aujourd'hui le cerveau d'Adrien !

(Lecture au fond de la scène.)

SCÈNE VI

Dans le boudoir, ADRIEN, DE MORANET,
ROMÈRE

ADRIEN, lisant.

L'albescente lueur d'une, encor vagissante,
Aurore, ose embuer d'une humide roseur
L'intangible là-bas où l'étoile glissante.
Semble s'évanouir dans le sang d'une sœur!
Ou plutôt, de son sang maculant la noirceur
De l'éthéréen drap d'où hors elle se dresse,
La Luce étire ses rayons avec paresse.

DE MORANET.

Seul « le sang d'une sœur » me semble un peu banal.

ADRIEN.

Tu crois?

ROMÈRE.

Oui! c'est presque un mot du *Petit Journal!*
(La conversation reprend sur le devant de la scène).

SCÈNE VII

JEANNE, LE CLOS

JEANNE.

Eh bien ! que pensez-vous de leur nouvelle muse ?

LE CLOS.

Pourquoi nous en fâcher si cela les amuse ?
Vous qui leur reprochez leurs parti-pris fougueux,
Allez-vous vous montrer moins tolérante qu'eux ?

JEANNE.

Plus que vous ne croyez, mon cher, je me maîtrise.
Je ne raille qu'un peu : c'est mon bonheur qu'ils brisent !
Vous voulez tout juger et vous ne savez rien !
Ah ! tenez ! laissez-moi !

LE CLOS.

Mais pourtant, Adrien...

JEANNE.

Est travailleur, aimant, prévenant !.... qu'on le dise !

Bon, égal! Seule, moi j'ai de folles hantises;
C'est entendu! c'est convenu! Bien! je le sais!...
Rejoignez tous ces gens et faites mon procès!
C'est moi qui suis grincheuse et qui cherche à tout noise
Avec mes nerfs de femme et mon cœur de bourgeoise!
Je ne sais rien comprendre et rien apprécier;
J'aurais dû, pour mari, n'avoir qu'un épicier:
On me l'a dit assez, assez on le rabâche
A tout intsant du jour, pour qu'enfin je le sache!
Je crois à tout, alors qu'il ne faut croire à rien;
A ma famille, à mon enfant, au mal, au bien;
Bêtement je crois même encore à ma patrie
Et quand je souffre trop, je m'agenouille et prie.
Je ne sais plus vraiment ce qui est ou n'est pas;
Je n'ose plus parler de l'amour que tout bas;
J'ai peur, en respirant, de les faire sourire.
Mais enfin, puisqu'on vit, il faut bien qu'on respire!
Cependant j'en rougis parce que, malgré moi,
Je ne puis respirer autrement qu'un bourgeois!

LE CLOS.

Calmez-vous! On peut vous entendre.

JEANNE.

Je m'en moque!

Non, en vain ils ont mis mes croyances en loques
Et détraqué l'esprit de mon pauvre Adrien!
Je ne respecte pas qui ne respecte rien.

LE CLOS.

Ne pouvez-vous, malgré leur avis, être heureuse?

JEANNE.

Entre Adrien et nous un abîme se creuse,
Plus large chaque jour, chaque jour plus profond :
Un cœur de femme seul peut en sonder le fond.

LE CLOS.

Eh quoi? de tels chagrins, de pareilles colères
Parce qu'on fait des vers qui ne sauraient vous plaire?

JEANNE.

Pourquoi donc avec moi parler en comédien?
J'ai raison de trembler et vous le savez bien!
Par peur d'être bourgeois l'on fausse sa pensée
Et l'âme, un beau matin, se trouve ainsi faussée.
Adrien m'aime encor, si peu qu'il y paraisse;
Cela l'empêche-t-il d'avoir une maîtresse?

LE CLOS.

Laissez là ces soupçons.

JEANNE.

     Je ne soupçonne point :
Je sais! Il ne vit plus que s'il a des témoins.
Oh! ne redoutez rien de moi! je me sens forte.
Mais pourrai-je empêcher que mon bonheur n'avorte?...

LE CLOS.

Avril fait refleurir ce qu'octobre a fané!

JEANNE.

Nous campons, mon ami, sur un terrain miné!

(Adrien, de Moranet et Romère s'approchent en causant.)

SCÈNE VIII

JEANNE, LE CLOS, ADRIEN, ROMÈRE,
DE MORANET

ROMÈRE.

Ce sont des vérités à tout jamais acquises!

ADRIEN, remarquant l'émotion de Jeanne.

Jeanne! dans quel état Le Clos t'a-t-il donc mise?

Je ne vous laisserai décidément plus seuls.

(A Le Clos.)

Veux-tu sonner pour qu'on apporte du tilleul?

DE MORANET.

Et la fleur d'oranger des heures écoulées!...

ADRIEN.

Nous ne sommes plus, Jeanne, au mois des giboulées.
Voyons! sois tout brouillard ou tout azur, un peu!
Le Clos est assommant? dame! il fait ce qu'il peut.
Tu n'avais qu'à venir écouter nos lectures.
Romère a dit des vers aux rimes très... futures!

DE MORANET.

Et les vers d'Adrien!...

JEANNE.

Oui! depuis Trissotin
Nul n'écrivit jamais aussi bien le latin.
La logique le veut ainsi car il importe
D'habiller le néant avec des langues mortes?

DE MORANET.

Dieu nous garde, Adrien, d'en paraître surpris,

Mais Madame a vraiment ce soir beaucoup d'esprit!
Tantôt, j'ai presque été nommé marquis de Sade.

ADRIEN.

Voyons, Jeanne, qu'as-tu pour être ainsi maussade?

LE CLOS.

Laisse! ne l'interroge pas en ce moment!
Elle a besoin d'aller dormir, tout simplement.
Ne vois-tu pas qu'elle est fatiguée et nerveuse?

ADRIEN.

Non pas! je vois surtout que, savamment gaffeuse,
Elle prend avec moi d'inadmissibles tons
De mère à qui l'enfant doit demander pardon,
Et que tenacement enfin elle m'accule
A jouer devant tous un rôle ridicule.
Elle jase, pleurant, raillant, légiférant
Sur l'art, sur la morale et sur le Juif-Errant,
Sur tout, voulant à tout imposer la tutelle
De sa raison très sage ou qu'elle pense telle!
Je devrais humblement, pour complaire à sa loi,
D'un Dagobert en jupe être le Saint-Éloi,
Et pour ne point froisser son honnête nature,
Il faudrait gentiment mettre en vers ses factures!

Sinon, tout ce qu'on fait est immoral et sec :
On n'y comprend plus rien, c'est du latin, du grec,
Et c'est Babel et c'est Gomorrhe et c'est Sodome
Ayant l'orgueil pour base et le vice pour dôme,
Et ce sera toujours ainsi si je ne veux
Moucher l'enfant et surveiller le pot-au-feu ;
Un mariage à l'ail, aux oignons, aux carottes !
Ah ! comme je comprends l'ermite dans sa grotte !

DE MORANET.

J'ai noté sur le vif quelques-uns de tes mots !

JEANNE.

Voilà comment ces gens prennent part à tes maux !

ADRIEN,

Évidemment ! de Moranet, pour te complaire,
Devrait pleurer de joie ou rugir de colère,
Saisir mon bras, me retenir par un bouton !
Ne lis-tu pas cela dans tous tes feuilletons ?

LE CLOS.

Jeanne, mon cher, ignore encor que l'art suprême
C'est émouvoir autrui sans s'émouvoir soi-même,
Et que l'artiste vraiment digne de ce nom

3

Rêve au fond d'un fossé quand gronde le canon.
Oui ! Jeanne ignore encor, mon cher, — et je t'en blâme —
Que, si l'on veut garder originale l'âme,
Il faut la tenir close aux bourdonnants essaims
Des misères qui font sangloter les voisins.
Oui ! Jeanne ignore encor que l'artiste s'honore
D'être insensible autant que l'est l'écho sonore.
N'est-ce pas quand la lutte a pris fin que s'abat
Le grand aigle rêveur sur le champ du combat ?
L'Univers saigne pour nourrir vos rêves tendres.
Va ! Jeanne, sois-en sûr, finira par comprendre !

ADRIEN.

Oui ! tu te chargeras d'être son précepteur
Et de la suraigrir par tes sermons flatteurs !
En elle, tu défends la femme qui halette
Sur l'arc-en-ciel éteint de ta mièvre palette !
Mon cher, tu ne saurais trouver meilleur moment
Pour perpétrer un poétique enlèvement
Avec accords lointains de cordes et de cuivre.
En tous cas, je promets de ne vous point poursuivre.
Jeanne se tait !.. cela doit te rendre hardi !

JEANNE.

Je répondrai quand tes amis seront partis !

ADRIEN.

Fort bien! mets maintenant mes amis à la porte!
Ah! par exemple, non! à la fin il importe
De s'entendre une fois pour toutes!

ROMÈRE.
                                    Trop de bruit!
Madame a très raison! il est plus de minuit,
Viens-tu, de Moranet?..

DE MORANET.
                        Excusez-nous, Madame!..

ADRIEN.

Soit! A bientôt, chez moi et non plus chez ma femme!
(Romère et de Moranet sortent.)

SCÈNE IX

JEANNE, ADRIEN et LE CLOS

ADRIEN, retenant Le Clos.

Non! toi, reste, Le Clos! puisque d'ailleurs ce toit
N'est plus hospitalier, maintenant, que pour toi!

JEANNE

Mais tu perds la raison! Adrien! je t'en prie!

ADRIEN.

Oh! pas de sentiment et pas de mièvrerie,
Par grâce! je connais le tendre chapelet
Des instants disparus, des baisers envolés,
Des languissants bonheurs que nous a fait connaître
La longue rêverie auprès de la fenêtre!
Il y manque le lac, l'astre au disque d'argent
Qui nous parle d'un ciel à l'amour indulgent,
Et du parfum des fleurs voltigeant sur la brise,
De ta chair qui se meurt, de ton cœur qui se brise!..
Tu n'inventeras rien de pire ni de mieux.

JEANNE.

Est-ce ma faute à moi si l'amour est si vieux?

LE CLOS.

Trouves-tu ta conduite, Adrien, généreuse?

ADRIEN.

Est-ce ma faute si mon âme est ténébreuse?

JEANNE.

Mon Adrien! qu'as-tu? qu'ont fait de toi ces gens?
Car je sais pourtant bien que tu n'es pas méchant!

ADRIEN.

Ah! vraiment? tant de mansuétude m'étonne,
Jeanne! Ainsi, généreusement tu me pardonnes
Les incessants affronts que depuis plusieurs mois
Tu fais pleuvoir sur tous mes amis et sur moi;
Et sentant que j'échappe à ton lit de Procuste,
Ton âme appelle à son secours l'âme d'Auguste!
Hélas! il eût fallu changer de front plus tôt!
Pavillon neuf ne rend pas neuf le vieux bateau!
J'entendrais, je verrais, même sur l'eau sereine,
S'effriter la voilure et craquer la carène
De notre pauvre amour triste et désemparé!
Oh! non! Jeanne! il vaut mieux, crois-m'en, nous séparer!
Le moindre vent, si nous demeurions côte à côte,
Jetterait tôt ou tard le fantôme à la côte!
Oui! c'est triste, mais c'est ainsi!

JEANNE.

                            L'entendez-vous?
Quand je vous le disais qu'Adrien devient fou!

ADRIEN.

Pourquoi donc recourir aux malsonnants vocables
Pour fuir un bras de mer qui n'est plus navigable?

JEANNE.

Le repos avant tout n'est-ce pas? Et l'enfant?...

ADRIEN.

Tu sonnes de ce mot comme d'un olifant!
Mais mon âme, hélas! par d'autres soins occupée,
Ne peut, matin et soir, jouer à la poupée
Et bercer à son gré, par d'enfantins discours,
La petite maman aux petits jupons courts!
Va! tu pourras, sans moi, jouer plus à ta guise
Car je te vois mieux en fillette qu'en marquise,
Et nous éviterons, ma chère, en nous quittant,
L'ennui d'être tous deux grotesques plus longtemps.
N'interprète pas mal mon sentiment intime!
Tes goûts ne sont pas moins que les miens légitimes.
L'un joue aux cartes, l'autre aux dés! ma foi, tant pis!
Évitons de jouer sur le même tapis!

JEANNE.

Tu peux parler; je sais que tu n'es pas sincère!
Ce que tu montres là, c'est l'âme de Romère,
L'âme de Moranet, ces flambeaux de l'ennui.
Avec leurs parfums morts et leurs oiseaux de nuit!
C'est l'âme de ces gens aux impuissantes fibres

Qui trouvent faux tout ce qui palpite et qui vibre;
De ces gens qui sont pris d'un dédaigneux frisson
Sitôt qu'un mot contient autre chose qu'un son.
Ah! oui! Romère avec son gilet amarante!
L'autre avec son costume à la dix-huit cent trente!
Ces artistes sereins et qui limitent l'art
A chiffonner des mots comme on fait d'un foulard!
Eh bien! non! Adrien! non! tu n'es pas sincère!
Ton cœur n'a pas atteint ce degré de misère,
Car ton front a gardé ses grands plis soucieux
Et tes blasphèmes sont démentis par tes yeux!
Mon Adrien!

ADRIEN.

Non! ma chère! c'est inutile!
Tu verrais bien plus juste en étant moins subtile!
Libre à toi de me croire un vide mannequin
A qui l'on prête voix et gestes de coquin
Et dont l'épouse veut, avec un pieux zèle,
Ressaisir dans ses doigts honnêtes les ficelles!
Non! non! mieux vaut chercher un instrument nouveau,
Sur qui ton cœur miauleur puisse jouer moins faux!

LE CLOS.

Allons, méchant, allons! laisse au moins ses menottes,

Sur ce vieil instrument replaquer quelques notes !
Et tu verras ce que pèsera ta rigueur
Au souffle des vieux airs que tu connais par cœur !

ADRIEN.

Il ne manquera pas d'orgues de Barbarie
Pour pousser Jeanne vers sa lointaine Icarie !
Quant à moi, je ne veux, aux yeux de mes amis
Avoir l'air plus longtemps d'un caniche soumis !
C'est chose dite, et rien ne m'en fera démordre.
La fortune de Jeanne est du reste en bon ordre,
Et sans crainte l'on peut se fier à l'agent...

JEANNE.

Non ! à la fin, c'est trop lâche et c'est trop méchant !
Tu peux partir et m'abandonner ! que m'importe !
Pars ! loin de t'arrêter, tiens ! je t'ouvre les portes !

LE CLOS.

Jeanne !

JEANNE.

Ah ! vous, laissez-moi donc, naïf raisonneur,
Qui nous venez parler et d'amour et d'honneur !
Oh ! que c'est vieux, cela, que c'est retardataire !

Quittez enfin la lune et revenez sur terre!
Quoi? famille? travail? devoirs? honneur? serments?
Lourds boulets que l'on rive à nos amusements!
Adrien, tu dis vrai! va-t-en! laisse-moi seule!
J'ai soif aussi de vivre avant d'être une aïeule,
Et ne veux plus user en de poncifs efforts
La fraîcheur de mon âme et l'éclat de mon corps.
Je ne veux pas qu'un jour mon propre enfant me toise
Avec tout le dédain qu'on a pour la bourgeoise;
Car je sens que nos fils, en un jour peu lointain,
Rougiront s'ils n'ont pas pour mère une catin!
Ah! mon pauvre Adrien! étais-je assez absurde
Avec mes préjugés de Canaque ou de Kurde
Qui, d'un bleu paradis, faisaient un noir enfer!
Mon cœur est allégé du poids d'un Univers!...
Qui? moi? c'est moi qui fus l'honnête ménagère?
Cette femme n'est plus pour moi qu'une étrangère!
Dis à tes amis, quand je ne te verrai plus,
Qu'en mon salon ouvert je ferai cent élus!
Dis-leur que j'ai brisé ma blessante cuirasse,
Que je suis sage! enfin, que je suis de leur race!
Dis-le-leur! à monsieur de Moranet surtout
Qui s'obstinait, à table, à chercher mon genou!
Et moi qui m'offensais! Oh! non! J'étais trop drôle!

ADRIEN.

Mais, bravo! tu te mets vite à ton nouveau rôle!

JEANNE.

Tu trouves? c'est vraiment si facile, mon cher!
Au gré des passions laisser flotter sa chair!
N'avoir ni gouvernail, ni boussole, ni voiles;
Ignorer le chemin qu'indiquent les étoiles!
Se laisser au hasard, sans lutte et sans effort,
Bercer de l'Est au Sud et de l'Ouest au Nord
En rêvant mollement à des plages lointaines!...
Mais je naquis pour être artiste et capitaine!

ADRIEN.

Fort bien! ainsi du moins il nous sera permis,
Tout en nous séparant, de rester bons amis;
Car mieux vaut à plusieurs avoir femme joyeuse
Qu'en conserver pour soi tout seul une grincheuse!
N'est-ce pas, Jeanne? Eh bien! disons-nous au revoir,
Gaîment! je reviendrai causer un de ces soirs!

LE CLOS.

Mais tu ne vois donc pas qu'elle est à moitié folle!

JEANNE.

Folle? non? le corbeau noir du passé s'envole!
Je suis comme un forçat dont on brise les liens!
(A Adrien qui demeure interdit.)
Pourquoi ne pars-tu pas ?
(Un instant d'hésitation : Adrien sort brusquement.)
(Court silence.)

SCÈNE X.

JEANNE, LE CLOS

JEANNE, se précipitant vers la porte refermée.
Adrien! Adrien!

LE CLOS.

Ne le rappelez pas! il vaut mieux qu'il s'en aille !
La vie assagira son cœur sous ses tenailles.
Laissez que loin de vous il apprenne à souffrir!
C'est l'unique moyen de le reconquérir!

JEANNE.

Oui! le reconquérir! je vous trouve admirable!

Oh! le lâche! le vil! le fou! le misérable!
Eh bien! soit! je veux vivre et m'amuser aussi,
Partons! emmenez-moi!

LE CLOS.

Vous serez mieux ici!

JEANNE.

J'étouffe! je vous dis. Vous n'avez donc pas d'âme!
Seule? ici? moi? non! non!

LE CLOS.

Apaisez-vous, Madame!
Et ne profanez pas votre pauvre cœur las!
Vous ne sauriez donner ce que vous n'avez pas!

JEANNE.

Comme un nouvel affront votre vertu m'accable!
Oh! qu'impassiblement vous êtes implacable!
Trop vertueuse ici, trop impudique là,
Une injure toujours me cingle avec éclat!
Donc, plus esclave qu'une Turque ou qu'une Indienne,
Il n'est plus rien de moi, plus rien qui m'appartienne
Et fidèle de force à l'être qui me fuit...

LE CLOS.

En qui donc croiriez-vous, ne croyant plus en lui ?
Votre bouche n'est pas faite pour le blasphème,
Et rien n'est perdu tant qu'on peut croire à soi-même !

JEANNE.

Mais je veux m'étourdir et ne plus croire à rien !

LE CLOS.

Vos lèvres chercheraient les lèvres d'Adrien !

JEANNE.

Alors, quoi?

LE CLOS.

Simplement, Jeanne ! rester honnête,
Car vous ne sauriez pas être autre que vous n'êtes,
Et la raison ne peut, avec tous ses compas,
Faire que ce qu'on porte en son cœur ne soit pas !
Quoi qu'on puisse souffrir par la faute des autres
Les faiblesses d'autrui n'excusent pas les nôtres !

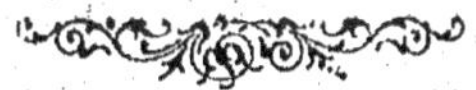

ACTE II

Chez Adrien : Cabinet de travail assez modeste.

SCENE I

ADRIEN, seul.

ADRIEN, à sa table de travail, lisant rêveusement.

C'est loin! bien loin!... C'est pourtant près,
Non moins que la jeunesse enfuie!
C'est pourtant près, non moins que l'horizon ambré
Où toute aïeule fut une vierge éblouie.

C'est pourtant loin, loin comme un rêve
Aux confins de l'âme enfoui,
Et douloureux comme le premier baiser d'Ève
Dont nous souffrons encor, sans en avoir joui!

L'ai-je jamais sondé, le gouffre
De ses yeux qu'une moiteur voile ?
Oui ! j'ai dû le sonder... jadis, puisque je souffre !
Le bonheur n'est bonheur qu'au loin, comme l'étoile !

C'est, tout là-bas, là-bas, bien loin,
Le seul point qui brille en la nuit.
Ses yeux, quand ils chauffaient mon cœur, brillaient-ils moins?
C'est tout là-bas, au fond d'un firmament d'ennui !

      (Un coup de sonnette.)

  (Allant ouvrir.)

Ah ! mon pauvre Adrien, comme on gâche son temps !

SCÈNE II

ADRIEN, ROMÈRE

ROMÈRE.

Vrai ! ce de Moranet, mon cher, est épatant !

ADRIEN, avec ennui.

Très épatant !

ROMÈRE.

J'ai ri!... Non! sa froide mimique
Quand il s'offre une tête est vraiment trop comique.
Il vous dit la plus grande insolence avec l'air
Grave et doux qu'il prendrait pour dire son *pater*.
Ce malheureux tailleur n'était pas à la fête!

ADRIEN.

Ah! c'est de son tailleur qu'il s'est payé la tête?
Pour se faire l'esprit il s'exerce au plastron!

ROMÈRE.

Mais, en est-il réduit à gagner ses fleurons?
Vraiment, tu n'as pas l'air d'être d'humeur rieuse!
Tes yeux semblent fleuris de sombres scabieuses.
Ce n'est pas Adrien que je vois : c'est Rolla!
Est-ce à présent Musset qui te donne le *la?*
As-tu besoin d'argent? tiens! j'ai là dix centimes!
Non? as-tu des ennuis avec ta légitime?
A propos! je l'ai rencontrée hier soir, ton *ex!*
Elle n'a plus son air de *dura lex sed lex!*
De ton ami Le Clos la palette agressive
Semble avoir fait jaillir de ce rocher l'eau vive,

Et, ma foi! ce rocher si desséchant jadis
A l'aspect, aujourd'hui, d'une fraîche oasis!
Ah! mais oui'! ne crois pas, mon vieux! que je plaisante!
Pâle, un peu! juste assez pour être intéressante!
Si vraiment elle est aussi belle tous les jours,
Il ne nous reste plus qu'à lui faire la cour!
Serait-ce assez piquant, tout de même!...

ADRIEN,

                              Romère!

Ton tact est un peu lourd; ton ironie, amère!
Pour la vingtième fois et la dernière fois,
Je te défends de railler Jeanne devant moi!

ROMÈRE,

Oh! oh! soigne cela! Ton âme a la jaunisse
Sous ton œil qui grandit comme un œil de génisse!...
Mais de quoi peut-on bien te parler, aujourd'hui,
Pour ne te point causer de colère ou d'ennui?
          (Il va vers la table de travail d'Adrien.)
Ah! tu faisais des vers et j'ai brisé le charme!
Et tu n'en disais rien, modeste fleur de Parme?

ADRIEN,

Ce sont des vers pour moi! laisse-les!

ROMÈRE.

Ah ? tu fais

Des vers pour toi? Sans peur je les sacre mauvais !
De larmes et d'azur je prévois la salade.
Quand je te le disais que ton âme est malade !
(On sonne : il arrête Adrien qui veut aller ouvrir.)
Du repos, mon ami ! C'est moi qui vais ouvrir !

(Il va ouvrir la porte : de Moranet, Roitelet
et Fauvette entrent bruyamment.)

SCÈNE III

ADRIEN, ROMÈRE, DE MORANET, ROITELET, FAUVETTE

ROMÈRE.

Doucement ! moins de bruit !

FAUVETTE.

Il fait chaud à mourir !

(Regardant Romère.)
Que dit-il, ce serin ?

ROMÈRE.

Il dit qu'Adrien souffre.

ROITELET.

Le pauvre! faites-lui donc prendre un peu de soufre!

FAUVETTE.

(A Adrien.)
Laisse toucher ton nez!... Mais c'est qu'il est très chaud!

DE MORANET.

Moi qui venais ici pour jouer du benjo,
Tandis que Roitelet devait danser la gigue!

ADRIEN.

Romère n'est qu'un sot et seul il me fatigue
Par ses discours niais qui sont peu de mon goût.
Décrochons l'instrument et tâchons d'être fous
Comme de vrais minstrels!

ROMÈRE.

                Non! Messieurs! je réclame!
Car un mal imprévu lui mine en secret l'âme...

FAUVETTE, interrompant.

Ah ça ! vous n'allez pas pourtant vous quereller !

DE MORANET.

En avant ! attaquons un petit air ailé !
Toi, gente Roitelette, il faut avoir bien cure
De fleurir tes talons des ailes de Mercure.

FAUVETTE.

Des ailes, pour la gigue ? Eh ! c'est du plomb qu'il faut !

ROITELET, à Fauvette,

Voudrais-tu par hasard me prêter tes sabots ?

DE MORANET.

Laissez ! laissez dormir les souvenirs d'enfance !

FAUVETTE.

Ah ! tu sais, toi, mon vieux ! surtout pas d'insolence !
Va-t-il nous écraser encor sous ses aïeux ?
Mes ancêtres se sont mus sous les mêmes cieux.
Comment serais-je ici sans leur miséricorde,
Monsieur de Moranet-Dussac... et de la corde ?

DE MORANET.

Tiens! la fauvette a des accents d'oiseau chagrin!
Allons! rentre plutôt ta langue en son écrin !
T'attaquer à mon nom? autant mordre une enclume
Ne nous force pas à regarder sous tes plumes!
La fauvette ne doit pas singer le gerfaut !
L'écrin est merveilleux, mais les bijoux sont faux!

FAUVETTE, à Adrien.

Et tu permets que l'on m'insulte de la sorte?

ADRIEN.

Tu ne veux pourtant pas qu'on le mette à la porte!

FAUVETTE.

Les hommes, aujourd'hui, n'ont plus aucun honneur!

ADRIEN.

Les femmes ont tout pris!

FAUVETTE.

                    Oui! oui! fais le moqueur!
Mais alors en écus ne sois pas moins prodigue!
Voilà plus de deux mois que...

ROMÈRE.

La gigue! la gigue!

FAUVETTE.

De Moranet donne à Roitelet, Dieu merci!
Des toilettes par-là, des bracelets par-ci,
Et toi, tu ne me fais présent que de mots vagues
Qu'il me faut sertir en d'hypothétiques bagues.
Ah! certes! ma mémoire a de riches joyaux!
Eh bien! donne-m'en moins, mais met-les sur ma peau!

DE MORANET.

Décidément le baromètre est à tempète!

ADRIEN.

Mais je ne suis pas riche.

FAUVETTE.

Eh bien! l'on fait des dettes!
Crois-tu que l'on me montrerait un tel mépris
Si je ne me laissais coter à si bas prix?
Belle fille vaut moins, dans un pauvre corsage,
Qu'un paquet froufroutant en pompeux équipage!

L'amour vit dans la soie et non dans le coton
Et nous plaisons selon ce que nous vous coûtons!

ROITELET.

Mais, Fauvette! en serpent tu te métamorphoses!
Tu piailles, tu geins, je ne sais trop pourquoi!
N'es-tu mise aussi bien et même mieux que moi?
Ta robe, tu le sais, coûte autant que la mienne.

FAUVETTE.

Ah! tu voudrais me voir dans des robes d'indienne,
Peut-être?

DE MORANET.

     Ça devient instructif! écoutons!
On va nous écorcher, et de belle façon!
Ça! du ciel de mon lit veux-tu devenir l'ange,
Fauvette? Nous pourrions proposer un échange.

ROMÈRE.

Je vous prends toutes deux, moi, si vous le voulez!
Fauvette, pour le jour; pour la nuit, Roitelet!

FAUVETTE.

Je ne me nourris pas de strophes odorantes;
Commence par montrer les écus de tes rentes.

ROITELET, s'asseyant sur les genoux de de Moranet.

Ah! non! décidément, j'aime encore mieux mon mien!
Tu veux Fauvette, toi?

DE MORANET.

Pour lui faire du bien,
Voyons! en bon chrétien?

FAUVETTE.

Oh! qu'il est charitable!
Voilà qu'il me réduit aux restes de sa table!

ROITELET.

Si tu ne dois manger que quand je n'ai plus faim,
Tu n'engraisseras pas, ma pauvre! c'est certain!

FAUVETTE.

Après ça, vous direz...

ADRIEN.

Assez! tu nous fatigues!
Allons! beau roitelet, martèle-nous la gigue.

ROITELET.

Je veux bien! Seulement...

6

ROMÈRE.

Dites! si pour avoir
L'entière illusion, nous la passions au noir?
Oui! c'est cela! vite une brosse et du cirage!

DE MORANET.

L'albâtre rendrait-il jaloux l'Abencérage?
Roitelet, je t'attends!

ROITELET.

Je t'attends! Commençons!
O mes pieds| récitez couramment vos leçons!
      (A ceux qui l'entourent.)
Vous! pas besoin de prendre une mine confite!
      (Se disposant à danser.)
Allons-y!
    (Elle danse quelques mesures et s'arrête essoufflée.)
Zut! mon vieux! Ah non! tu vas trop vite!

DE MORANET.

Faudrait-il par hasard, à tes muscles vannés,
Le rythme hiératique et lent des Javanais?

ROITELET.

Après tout, pourquoi pas, si ça m'est plus commode ?

DE MORANET.

Les Javanaises sont un peu trop à la mode,
Et quand on est ma mie, on doit à mon repos
De n'aller point brouter où broute le troupeau.

FAUVETTE.

Et si c'est beau, pourtant ?

DE MORANET.

     Rien n'est beau sur la terre
Que l'isolé, Fauvette, et que le solitaire.
L'art, c'est comme la mer, l'horizon, les galets !
Il a ses casinos, ses parcs et ses chalets
Dès qu'il est à la mode, et le bruit de la foule
Fait fuir le rêve errant sur la crête des houles !

ADRIEN.

Ah ! vraiment ? Mais alors, pourquoi clamer si fort
Dès que vous découvrez quelque golfe bien mort ?
Pourquoi donc appeler la vile multitude
A l'admiration de votre solitude ?

Pourquoi ne pas garder pour vous, pour vous tout seul,
Cette perle qui n'a de prix qu'en son linceul?
Nul art n'est beau dès que la foule s'y prélasse;
Mais on donne à vingt vers cent pages de préface!
L'on marche, s'arrêtant à chacun de ses pas,
De crainte que le peuple vain ne suive pas.
Ah! mes amis! Malgré nos mots pompeux nous sommes
Peut-être plus farceurs que le restant des hommes!

FAUVETTE.

Pour ça, tu n'as jamais rien dit qui fût plus vrai!
Moi, j'aurais mis « fumiste ». Enfin, c'est à peu près!

ROMÈRE, à Adrien.

Et je ne vois pas là, mon cher, ce qui t'attriste;
Car c'est à ce prix seul qu'on est vraiment artiste.
Garrottez votre esprit au poteau de la loi
Et puis, fouette cocher! Le beau moyen, ma foi!
De pourchasser un songe et traquer un caprice!
Dès lors, de quoi veux-tu que notre art se nourrisse?

DE MORANET.

Bien! nous jouons avec le commun des humains
Ainsi qu'un bisaïeul joue avec des gamins!

ADRIEN.

Moins l'amour, cependant!

DE MORANET.

Moins l'amour, je l'avoue !
Et plus sage est celui qui plus froidement joue !

ROITELET.

Alors, quoi ? tu ne m'aimes pas ?., Répète donc!..
Froidement?... Pas bien sage, en ce cas, ah ! mais non !

ADRIEN.

Que veux-tu, Roitelet ? Nulle âme n'est parfaite.

DE MORANET.

Mais je n'ai pas encor reconnu ma défaite!
Pour apprendre à quel point je suis peu son butin
Roitelet n'a qu'à s'envoler demain matin.
Nous fêterons gaîment par un dîner agreste...

ROITELET.

Fanfaron! Eh bien! là! pour te punir,... je reste!

FAUVETTE.

L'égoïste! pas même un faux-départ, voyez!
Pour nous laisser au moins le temps de festoyer!

ROITELET.

Ça, non! mais je promets qu'il me paiera sa phrase
D'une changeante opale ou d'une chrysoprase.
Moi, je mets à l'amende, au lieu de me fâcher!
T'en devrais faire autant!

FAUVETTE.

   Pour me faire lâcher!
Chacune n'a pas un nabab asiatique.

ROITELET.

Il sera, pour ne point payer, moins despotique!
Et puis, mon tendre ami nous le disait tantôt,
Point ne manquent les ports où changer de bateau!
N'est-ce pas, Adrien?

ADRIEN.

   Mais bien sûr! Pas de gêne!
L'amour doit être une aile et non pas une chaîne.
On doit tout aimer, comme on aime ses troupeaux,

Pour manger leur chair et se vêtir de leurs peaux;
La nature le veut! c'est ma loi! c'est la vôtre !
Le plus fort doit saigner et dévorer les autres
Pour faire vivoter son caprice incertain,
Ainsi les rois d'Asie ont compris leur destin !
De l'art? ils en avaient, eux !...

DE MORANET.

                        Mon cher! pas de blague !
Celui qui fit couvrir de colliers et de bagues,
De saphirs, de rubis, très amoureusement,
L'arbre à l'ombre duquel il dormit un moment !
Celui qui fit fouetter la mer dont la colère
Avait insolemment dispersé ses galères
Et qui, la dominant de son sourire fier,
La fit, comme une esclave, asservir sous des fers ;
Celui-là, que son sort fut heureux ou fut triste,
Vécut vraiment l'image et fut vraiment artiste,
Puisque les éléments, les arbres et les mers
S'animaient sitôt qu'ils faisaient vibrer ses nerfs,
Tandis que ses soldats, ses coursiers, ses sultanes,
S'effaçaient pour laisser respirer un platane !

FAUVETTE.

C'était un détraqué !

DE MORANET.

Soit! mais éblouissant!

ADRIEN.

A ce compte, mon cher, l'âme des rois persans
Aujourd'hui même peut reprendre sa carrière !
L'on n'a qu'à couronner un rôdeur de barrière,
Pour qui la vie humaine et le bonheur d'autrui
Fondent sous un désir comme en la bouche un fruit !
Chaque jour, la Roquette ou Sainte-Anne se ferme
Sur l'Héliogabale ou le Néron en germe.
A qui rien ne manquait, pour être... éblouissant,
Que d'être sur un trône et d'être tout-puissants :
Ce qu'on rencontre moins, sous la bure ou l'hermine.

ROMÈRE.

Bon ! il va nous parler d'Eschyle à Salamine !
Je suis très attristé par ton état mental,
Mon pauvre ! tu deviens vraiment sentimental.
Eschyle est un aïeul ! laissons en paix les bustes !

ADRIEN.

Oui ! ce sont des aïeux, tous ceux qui sont robustes !
Janvier ne peut fleurir ainsi qu'Avril chantant,
Et nous sommes l'hiver : ils étaient le Printemps !

Eux, rêvaient en airain ; nous rêvassons en neige ;
Et lorsque reviendra l'Avril qui désagrége,
Nos œuvres couleront, dressant sur le terrain,
Immortellement grands, les colosses d'airain !
Nous fondrons à leurs pieds sans laisser une ornière,
Comme au pied du granit la neige saisonnière !
Ah ! nous pourrons du moins nous vanter, c'est certain,
De les avoir bernés, ces pauvres Philistins !
On leur promet l'azur : on les fait boire à l'auge !
Et tandis que leur horde en un bourbier patauge,
Nous nous frottons les mains en songeant qu'au départ
On leur parlait d'Éden ! Ah ! oui ! c'est du grand art !
Et Moranet tantôt avait très raison, certes,
Quand il disait que l'art, c'est ce qui déconcerte.
Dès qu'un champ est tondu l'on cherche un autre champ
Et ceux-là sans nul doute étaient de pauvres gens
Qui dotèrent nos cœurs d'une étoile polaire
Toujours plus scintillante et toujours non vulgaire
Malgré qu'elle ait ému cent générations !
C'étaient de pauvres gens !...

ROMÈRE.

                Ouf ! quelle ration !
Mon cher, c'est un vrai cours ! mon oreille en bourdonne !

7

DE MORANET.

Splendide conférence à produire en Sorbonne !

(Le Clos entre.)

SCÈNE IV

Les Mêmes, LE CLOS

DE MORANET, désignant le Clos.

Et fort à point, voici le vrai, le grand public !

ROMÈRE.

C'est égal ! soigne-toi ! cela devient un tic !

FAUVETTE, à le Clos.

Tiens ! d'où sortez-vous donc, sans nous donner l'alerte ?

LE CLOS.

Moi ? J'ai tout simplement trouvé la porte ouverte...
Et maintenant, Messieurs, je vous saurais fort gré
De m'apprendre pourquoi je suis le public vrai !

(Il regarde Fauvette.)

FAUVETTE.

Vous avez dit « Messieurs! » impoli que vous êtes!
Demandez aux messieurs.

LE CLOS.

Voyons! Puisque Fauvette...

DE MORANET.

C'est qu'Adrien parlait avec tant de bons sens...

LE CLOS.

Qu'il fallait, pour l'entendre, un bon chapon du Mans!
Car bon sens et chapon aujourd'hui c'est tout comme,
N'est-ce pas? Eh bien, soit! c'est public qu'on me nomme!
Et de quoi parlait-on?

ROMÈRE.

De l'honneur, du ciel veuf!...

LE CLOS.

Eh! mais c'est vieux assez pour redevenir neuf!
Ce sont plages depuis un si long temps désertes
Qu'on en peut faire, à grand fracas, la découverte!

Même si nos aïeux autrefois s'y pâmaient,
Tout site est nouveau pour qui n'y vécut jamais !...

ADRIEN.

Oui ! nouveau ! mais nouveau d'une façon gênante
Pour nos cœurs trop puissants et nos âmes géantes !
Tout ce qui n'est pas soi n'est qu'un cachot étroit
Et c'est s'emprisonner que de quitter son moi !
Car tout est tyrannie, injustice mortelle
Si l'univers à nos caprices ne s'attelle.
Concevez-vous que si j'ai sommeil en plein jour
Le soleil paternel n'abrège pas son cours ?

ROITELET.

Ah ! ça ! dis donc, mon vieux, mais pour un moraliste...

ADRIEN.

Parfaitement ! je sais. Mon nom est sur la liste,
En tête de la liste où sont inscrits ces fous !
Je parle contre moi bien plus que contre vous.

ROMÈRE, à Fauvette.

Et ça le prend souvent, ces accès de sagesse ?

FAUVETTE.

Tu crains qu'il ne te morde ? on va le mettre en laisse.

DE MORANET.

« Je vois ! je sais ! je crois ! je suis désabusé ! »
Maintenant, mes amis, assez nous amuser !
Allons où le devoir nous appelle du geste
Laissant nos deux savants commenter leur Digeste.

ROMÈRE.

Et chercher à créer un bel art patenté

DE MORANET.

A bientôt !

ROITOLET, à Adrien.

Au revoir ! et meilleure santé !
(De Moranet, Romère et Roitolet sortent reconduits par Fauvette
qui durant cette scène a ôté son chapeau et ses gants.)

SCÈNE V

ADRIEN, LE CLOS

LE CLOS.

Tu vires au bourgeois, mon cher ! et je t'engage
A surveiller de près, de très près ton langage ;

Car parmi tes amis, fiers comme des lions,
Tu paraissais tantôt, en ta rébellion,
Avoir peur des clartés et peur des précipices,
Et comme un épicier regretter tes épices.
J'en ai rougi pour toi, tant il est déplacé,
Quand sur les pics neigeux, les Océans glacés
On plane, d'avouer qu'un regret vous assaille
Des jardins potagers ou des parcs de Versaille !
Il faut piocher la terre ou bien piocher l'azur !
Gravit-on le Mont-Blanc pour faucher du blé mûr ?
Et prétends-tu dompter les plus hautaines cimes
Sans ouvrir à tes yeux quelque effarant abîme ?

ADRIEN.

Raille-moi !

LE CLOS.

Nullement ! Suppose un parfumeur
Qui montrerait soudain une infernale humeur
Parce que l'alambic rejette, aqueuse et triste,
La fleur tantôt si fraîche ! Il faut être fleuriste
Ou bien distillateur ! Vends la fleur ou l'extrait !
Vous distillez la vie et vous voulez, après,
Qu'elle n'ait rien perdu de sa splendeur native.

C'est d'une âme trop égoïstement naïve,
Et qui blesse l'esprit même aux plus indulgents.

ADRIEN.

Cesse de me parler comme ces autres gens !

LE CLOS.

Mais, mon cher !...

ADRIEN.

Je t'en prie, un moment sois sincère !
C'est un oiseau de nuit qui me broie en sa serre !
Ne le vois-tu donc pas ? amène un peu de jour,
Au lieu d'amonceler la nuit, la nuit toujours !

LE CLOS.

Ah ! çà ! mais qu'ai-je dit qui soit répréhensible ?
Jamais, à ce degré, je ne t'ai vu sensible.
Pour un simple avis...

ADRIEN.

Oui ! je sais ! je suis nerveux !
Cesse de me railler, puisque j'en fais l'aveu !

LE CLOS.

Raillons plutôt! Au feu de l'esprit qui pétille,
Le plus poignant souci s'éparpille en vétilles!

ADRIEN.

Mais il est des moments où l'esprit fait long feu :
C'est le cas!

LE CLOS.

Parlons politique si tu veux!
On dit qu'en Orient...

ADRIEN.

Si tu ne veux m'entendre,
Alors, laisse-moi seul!

LE CLOS.

Diable! tu n'es pas tendre!
Je te laisse!

ADRIEN.

On ne m'a pas trompé; je le vois!
Reste! je veux savoir!

LE CLOS.

Quelle tragique voix !
Pour montrer une humeur à ce point hérissonne,
Attends du moins, ami, que ta barbe grisonne !
J'écoute et répondrai. Faut-il prêter serment ?
Tu peux m'interroger très solennellement !

ADRIEN.

Merci de l'intérêt que mes peines t'inspirent !
Élargis ma blessure et fais-m'en d'autres pires !
Sans mettre ton esprit en mal d'enfantement,
Pour être plus cruel, sois franc, tout simplement !
Dis-moi ! depuis combien de temps n'as-tu vu Jeanne ?

LE CLOS.

Je vais la voir de loin en loin, lorsque je flâne,
Tu le sais ! je l'ai vue, il y a quinze jours
Environ et pendant quelques instants très courts !

ADRIEN.

Et... tu n'es pas allé la voir, cette semaine ?

LE CLOS.

Je ne crois pas ! ou ce serait un phénomène !

8

ADRIEN.

Tu ne l'as pas rencontrée?

LE CLOS.

            Elle?... nullement!
Attends!... non!

ADRIEN.

        Eh bien! moi, je te dis que tu mens,
Et que je vois enfin, sous ta mine contrite,
L'âme du faux ami, le cœur de l'hypocrite!

LE CLOS.

Va toujours!

ADRIEN.

      Pas plus tard qu'hier on a pu te voir
Dans la rue, avec Jeanne!

LE CLOS.

          A six heures du soir!
Je m'en souviens!

ADRIEN.

     Déjà nous changeons de tactique!

LE CLOS.

Prends-y garde! tu fais presque du romantique,
Tu descends chaque jour, mon pauvre ami! d'un cran!

ADRIEN.

Oui! oui! la raillerie est un commode écran
Pour les cerveaux bornés, comme pour les cœurs lâches!
Mais je saurai...

LE CLOS.

Préfères-tu que je me fâche?
Étant sans passions, je suis prêt à jouer
L'irascible bretteur ou le subtil roué!

ADRIEN.

Eh bien! prends simplement et franchement le rôle
Que te souffle ton cœur quand on t'appelle un drôle!

LE CLOS.

Soit donc! mon cœur me fait sagement remarquer
Qu'il faut avoir pitié d'un pauvre détraqué!
Si je dis que je suis son amant, peux-tu croire
Une âme qu'un pareil aveu montre si noire?

Et si, pour protester, j'invoque honneur et dieux,
Ce peut être un devoir, et me croiras-tu mieux ?
Ainsi, que mon discours soit sincère ou qu'il mente,
Quel pouvoir aurait-il sur ce qui te tourmente ?

ADRIEN.

L'aveu que ce discours contient est suffisant,
Et tu m'en rendras compte !

LE CLOS.

               Eh quoi ? tu veux du sang ?
Désolé ! Mais cela va contre mes maximes,
Car depuis que je hante, avec vous tous, les cimes,
Je vois l'honneur humain bête comme un drapeau,
Et j'ai juré de n'y jamais risquer ma peau !

ADRIEN.

Tu railles trop devant l'angoisse qui me broie !
Cesse et dis-moi que le seul être en qui je croie
Reste pur en dépit de tout ce que j'ai fait !
Que seul je suis perdu ; que seul je suis mauvais !
Que l'idéal n'est pas un verbe dérisoire,
Et qu'on en peut souffrir sans qu'on cesse d'y croire !

LE CLOS.

Mais, mon cher, que pourrais-je affirmer? je ne sais.
Comme moi d'autres gens ont auprès d'elle accès,
Et j'ai peine à te voir l'âme si puérile.
Fauvette apaisera ce délire fébrile,
Elle qui t'a déjà jeté ses longs cheveux
Lorsque tu te noyais au fond d'un pot-au-feu!

(Il va entrebâiller une porte latérale et appelle.)

Fauvette!

(Fauvette accourt.)

SCÈNE VI

ADRIEN, LE CLOS, FAUVETTE

FAUVETTE.

Qu'y a-t-il?

LE CLOS, désignant Adrien.

Couve-le sous ton aile,
Car le gredin pourrait bientôt t'être infidèle!

(Il sort.)

SCÈNE VII

ADRIEN, FAUVETTE

ADRIEN.

Voilà l'honnêteté de ces honnêtes gens !
(Il ouvre un tiroir et en retire une liasse de papiers.)
Fauvette ! Tout ceci va faire de l'argent !
Des titres au porteur !... Ah ! nous allons mieux vivre.

FAUVETTE.

Mais te voilà nerveux et pâle comme givre !

ADRIEN.

Profites-en toujours !

FAUVETTE.

J'aurai mon cabochon ?

ADRIEN.

Tout ce que tu voudras ! et bijoux et chiffons !
Car tu vas me trouver dorénavant moins bête,
Et le rouleau fini, bah ! l'on fera des dettes.

FAUVETTE.

Ah ! t'en as mis, du temps, à voir comme il faut voir !
Je commençais vraiment à perdre tout espoir.

(Elle sort gaîment par la porte latérale.)

SCÈNE VIII

ADRIEN

ADRIEN.

« Siaô Sin ! » ainsi qu'on vous l'enseigne en Chine :
Rapetisse ton cœur et courbe ton échine !
Contre les songes purs et les désirs ailés
Ayons l'âme et le cœur puissamment crénelés !
Et loin des lents efforts, loin des sombres batailles,
Flambons vite et gaîment ainsi qu'un feu de paille !

ACTE III

Même décor qu'au premier acte.

SCÈNE I

JEANNE, LE CLOS

JEANNE.

Pourquoi donc, au moment où je vais le revoir,
Faut-il qu'en moi se dresse un si lourd désespoir?
En voulant trop prévoir notre raison s'égare
Et la réalité fond ses ailes d'Icare.
Un mot de vous aurait pu calmer Adrien;
Ses dettes étaient peu de chose, presque rien,
Puisque je les ai pu régler sans trop de gêne.
En abdiquant sa joie, ai-je abdiqué sa peine?
Alors, pourquoi le laissez-vous cruellement,
Depuis plus de six jours, dans de pareils tourments?

LE CLOS.

Je vous ai dit pourquoi, c'est à vous de l'instruire.

JEANNE.

Il n'est de peur qu'en moi je ne sente bruire !
Il me semble que l'air est chargé de tocsin :
L'argent ! toujours, toujours cet argent assassin !

LE CLOS.

Aimerait-on les vers, si n'existait la prose ?

JEANNE.

Ah ! oui ! vous voyez tout, vous, lumineux et rose !

LE CLOS.

Non ! je vois simplement que l'on méprise à tort
Tout ce qui fait de la vie humaine un effort.
De ce mépris est né l'odieux scepticisme
Qui frappe tout devoir, aujourd'hui, d'ostracisme.
Laid ou beau, faible ou fort, actif ou paresseux,
Mêmes droits pour chacun et travaille qui veut !
Par quelle antique loi de l'obscur moyen âge
Le plomb coule-t-il bas quand le liège surnage ?
Toujours tout au travail, rien à l'oisiveté !

JEANNE.

Qu'y puis-je ? et pourquoi tant de sévérité ?
Est-ce contre Adrien ? ce serait trop barbare !

LE CLOS.

Que chacun ait pour lit le lit qu'il se prépare !
Que l'on convainque enfin la société qui croît
Qu'au seul prix d'un devoir l'on peut avoir un droit.
Et quant au fainéant que le moindre effort gêne,
Qu'il vive ! mais qu'il vive au moins en Diogène !...
Jeanne ! vous franchissez un solennel moment
Qui va tout dénouer irrévocablement.
Sachez que sans effort toute âme est fausse et brève ;
Que la rêvasserie en vain singe le rêve !
Et que si vous voulez reprendre tout pouvoir
Sur Adrien, il faut lui montrer un devoir !

JEANNE.

Un devoir !...

(Elle se lève.)

            Vous voulez que par devoir il m'aime ?
Jamais ! S'il me revient, que ce soit pour moi-même !

LE CLOS.

Soit ! vainement alors vous lui tendrez les bras,
S'il peut encore aimer, point il ne reviendra !
Maintenant que pour vivre il n'a plus un centime,
Si, docile, il revient à vous, en quelle estime
Le pourra-t-on garder ? Oubliez-vous le nom
Que l'on donne aux amants indolents des Manon ?

JEANNE.

Je ne suis pas Manon : je crois être sa femme.

LE CLOS.

Raison de plus pour ne le point vouloir infâme !

JEANNE.

Oh ! laissons ces grands mots trop vains pour des mortels !
Je veux un peu de paix, non de sanglants autels !
Du sort j'ai trop longtemps enduré les sévices :
Parlez-moi de bonheur et plus de sacrifice !

LE CLOS.

Oui ! supprimons la plante et conservons les fleurs !
Éteignons les clartés mais gardons les couleurs !

Vivent les horizons et périsse l'espace !
Fleuris, amour ! tandis que l'idéal trépasse !
Ah ! Jeanne ! prenez garde ! il n'aimera jamais
Celui qui ne se sent plus digne d'être aimé !
Si vous voulez l'amour, sauvez la foi râlante !

JEANNE.

On peut cueillir la fleur sans emporter la plante !

LE CLOS.

Ainsi, Jeanne ! tel est votre sincère avis !
Si l'on a des instincts, c'est pour qu'ils soient suivis,
Et l'on ne doit...
JEANNE.

                    Pourquoi toujours partir en guerre ?
L'amour ne saurait être un conseiller vulgaire,
Et puis, je ne suis pas d'humeur à discuter :
Le cœur a, comme la raison, sa vérité.
Adrien va venir : pour lui je ne veux être
Que paix et que bonheur ! je veux qu'il rentre en maître,
Que ce qu'il a souffert...

LE CLOS.

                    Et si moi, sans souci

D'idéal, je suivais tous mes instincts aussi?
Si tous les sentiments que mon âme réfrène...

JEANNE.

Qui? vous, mon bon Le Clos, dont l'âme est si sereine?

LE CLOS.

Sereine!... Savez-vous, ô Jeanne, en vérité!
Ce que peut me coûter cette sérénité?
Croyez-vous que toujours, au cœur de certains hommes,
Mûrisse la beauté comme aux pommiers les pommes?

JEANNE.

Comme vous pâlissez!

LE CLOS.

                    O Jeanne! dites-moi!
Où vivaient vos regards durant ces derniers mois?
Pouvez-vous ignorer encor ce que je souffre
Et qu'un buisson fleuri cache parfois un gouffre!
Ah! combien vous devez aimer pour voir si mal
Les ravages qu'a faits votre regard gemmal!
Ainsi vous avez cru que mon âme sereine,
Inconsciente autant qu'un beau soir de l'Ukraine,

En répandant sur vous d'apaisantes clartés
N'épandait qu'un reflet de sa sérénité?
Vous pensez qu'il n'est rien qu'en moi je ne terrasse,
Rien qui ne se révolte et...

JEANNE.

Taisez-vous! de grâce!

LE CLOS.

Puis-je me taire après ce que j'ai déjà dit?
Dussiez-vous me chasser, dussé-je être maudit,
Dût mon nom devenir pour vous un noir blasphème,
Mon secret n'est plus mien! O Jeanne! je vous aime!

JEANNE.

Taisez-vous! Taisez-vous!

LE CLOS.

Je vous aime, et pourtant
J'ai refusé ce corps qui s'offrait haletant!

JEANNE.

Pourquoi me rappeler ce souvenir de honte?

LE CLOS.

Aucun reproche lâche à ma lèvre ne monte :
La honte ne peut être où n'est plus la raison !
Eh bien ! je sus aimer sans créer nul soupçon
En votre cœur souffrant ; je sus, bien au contraire,
Vous convaincre que je n'étais pour vous qu'un frère !
Les murs de mon cachot, clairs sous un ciel aubal
Rassérénaient vos yeux, tandis qu'un froid tombal
Raidissait derrière eux ma pauvre âme proscrite :
L'astre ne brille pas pour celui qui l'habite ;
Mais solidaires dans le néant de la nuit,
Orion pour nous souffre et nous souffrons pour lui !

JEANNE.

Que n'avez-vous gardé ce secret qui m'effare ?

LE CLOS.

Une âme veille et peine au cœur de chaque phare !
Jeanne ! sachez enfin tout ce que nous souffrons
Pour conserver intact l'idéal sur nos fronts !
Si vous pouviez savoir à quel point je m'efface
De moi-même, pour vous laisser toute la place !
Je n'ai d'azur ailleurs qu'en vos yeux de saphir

Et n'habite mon corps que pour vous y servir !
Mes désirs rugissants, mes désirs nés pour mordre,
Domptés, ne sont plus que des laquais à vos ordres :
Ils se sont faits petits et tout silencieux
Pour ne jamais rider l'infini de vos yeux !

JEANNE.

Pourquoi parler, vous qui sûtes si longtemps feindre ?
Partez ! car j'ai perdu jusqu'au droit de vous plaindre !

LE CLOS.

O Jeanne ! un seul instant de faiblesse de cœur
Peut-il légitimer une telle rigueur ?
Un crime avilit-il jamais toute une race ?
Jeanne !
JEANNE, se levant.

Restez ! c'est moi qui m'en irai !
LE CLOS, l'arrêtant.

De grâce !
(Il se campe devant elle en souriant et, changeant de ton.)
Eh bien, Jeanne ! avouez que je vous ai fait peur !
JEANNE.
Quoi ? vous mentiez ?

10

LE CLOS.

Pour secouer votre torpeur?

JEANNE.

Rien n'était vrai?

LE CLOS.

Qui sait? Tout cœur a son problème.
Mais vous n'en saurez rien! le sais-je bien moi-même?
Ce qui ne doit pas être en moi reste au lointain :
Mais ne me dites plus d'obéir aux instincts!

JEANNE.

Je me sentais perdue en un noir labyrinthe
Et j'en devenais folle! Ainsi, je puis sans crainte
Voir en vous un ami, le même ami qui fut...

LE CLOS.

Oui! Jeanne! cet ami je le serai, pourvu
Que vous n'agitiez plus par quelque froid blasphème
Les bas-fonds de mon cœur que j'ignore moi-même!
Dans tout être le bien n'est qu'un dompteur haï
Qui doit lutter toujours, s'il veut être obéi!

A l'avenir, n'irritez plus mes bêtes fauves !
Est-ce promis ?

JEANNE.

Oh ! oui !

LE CLOS.

Maintenant je me sauve !
Recueillez-vous pour mieux recevoir Adrien !

JEANNE.

Attendez ! j'ai si peur !

LE CLOS.

Mais non ! tout ira bien !
Et si soudain quelque obstacle imprévu se dresse
Que vous ne puissiez vaincre à force de tendresse,
Moins défiante envers mes conseils raisonneurs,
A défaut de l'amour, faites parler l'honneur !

(Il sort.)

SCÈNE II

JEANNE

JEANNE.

Mon Dieu ! combien, lorsqu'en l'égoïsme on se vautre,
L'on trouve naturel le dévouement des autres !
Combien peu l'on comprend et combien peu l'on plaint,
Celui qui ne fait pas d'un malheur un tremplin !
Moi-même, ai-je gardé ma douleur solitaire ?
Tout mal devient un rôle à qui ne sait le taire...
Que j'aurais plus souffert, peut-être, et valú moins
Si mes efforts n'avaient eu toujours un témoin !...
Ah ! tristes cabotins !... Il est pourtant des êtres
Qui demeurent, comme Le Clos, leurs propres maîtres,
A qui l'idéal seul peut dicter une loi !...
Oui ! là commence l'homme et finit le bourgeois !...
Mais comme éloquemment notre égoïsme plaide !...
    (On sonne : elle se lève précipitamment.)
Lui ! déjà ?... Je me sens si vieillie et si laide !
Courage ! soyons belle !... En face d'un amant

La beauté reste encor le plus sûr argument!

(Elle sort par la porte latérale.)

(Adrien entre par la porte du fond.)

SCÈNE III

ADRIEN

ADRIEN.

Oh! que mon cœur bat fort et que mon âme est lasse!
(Il regarde tristement autour de lui.)
Tout, jusqu'à mon portrait, tout a gardé sa place!
Et dire que j'aurais pu si bien vivre, ici!
Mon ciel était si clair! Pourquoi l'ai-je obscurci?
(Un silence : il examine différents bibelots et, avec un soupir :)
Enfin, tant pis! j'ai su l'existence des aigles
J'ai végété sans nuls préjugés et sans règle
Aucune! j'ai connu ce que le monde entend
Par cerveau large et par esprit indépendant!
Chevaucher un coursier dont on n'est pas le maître;
Laisser les nerfs faire un pantin de tout votre être;
Être mauvais ou bon selon qu'est chaud ou froid

Le vent, c'est être libre et c'est se sentir roi!
L'artiste, c'est Tibère et non pas Marc-Aurèle
On a vaincu son âme; on se croit fort contre elle;
On est fier d'avoir fait, d'un splendide empereur,
L'otage de l'esclave et du gladiateur;
Mais tout à coup l'on voit que sans chef, sans pilote,
Les sens sont impuissants comme un peuple d'ilotes;
Qu'ils ont dévoré tout et rien semé, qu'enfin
L'on n'a plus rien au cœur, et que l'on meurt de faim!
        (Cout silence : il regarde la porte par où Jeanne est sortie.)
Comme Jeanne se fait attendre! Elle redoute
Autant que moi ce court tête-à-tête, sans doute!
Elle pense que je viens ici repentant
Demander mon pardon et songe au dur instant
Où l'aveu... Jeanne! viens, le front haut, sans excuse
Je suis coupable seul! c'est moi seul que j'accuse!
Et n'ai voulu te voir...
                (Jeanne entre.)

SCÈNE IV

ADRIEN, JEANNE

JEANNE, se précipitant dans les bras d'Adrien.

Mon Adrien !

(Il veut se dégager : elle le retient.)

Non ! non !

Reste et regarde-moi !

ADRIEN.

Oh ! Jeanne !

JEANNE.

C'est si bon !

ADRIEN.

Sois moins tendre et surtout moins belle ! ma conduite...

JEANNE.

Étreignons-nous d'abord ! nous parlerons ensuite !

ADRIEN.

N'accrois pas mes remords.

JEANNE.

　　　　Adrien ! Adrien !
Nous fûmes deux enfants! ne nous reprochons rien!
Laissons rentrer au sein des sources nos nuages
Et renaissons joyeux! Tu reviens d'un voyage !

ADRIEN.

Hélas! ma pauvre Jeanne! il existe ici-bas
Des pays empestés d'où l'on ne revient pas !

JEANNE, le forçant à s'asseoir près d'elle..

Ne parle pas ainsi ! Restons l'un près de l'autre !
Regarde comme ici tout est demeuré nôtre !
Tes livres, tes papiers, mes bibelots épars,
Tout nous dit : ce n'était qu'un cruel cauchemar !
Laisse que ma chaleur ravive ta pensée
Et reprenons la vie où nous l'avons laissée !

ADRIEN.

Ne me rappelle pas ces beaux songes enfuis,
Vérités autrefois, mensonges aujourd'hui !

Pourquoi parler d'azur, d'envolée irisée,
Au goéland dont les deux ailes sont brisées ?
Ne me fais pas mollir sous des rêves si doux
Et laisse-moi souffrir mon rôle jusqu'au bout !
Jeanne ! je ne viens pas te demander la grâce
D'un passé dont plus rien n'effacera la trace...

JEANNE.

Tais-toi; ne parlons plus de ce passé fatal !

ADRIEN.

L'oubli du mal qu'on fit souille plus que le mal
Car c'est acclimater le vice dans son être !

JEANNE.

Va ! j'eus aussi mes torts ! essayons de renaître !
Et puis, je ne veux plus que tu parles ainsi !
Maintenant que je t'ai, je t'emprisonne ici.
Je serai ton remords, ton tyran, ta geolière !
Tu suffoqueras, arbre étouffé sous un lierre !
Je saurai réveiller tes pires jours vécus
Et vous traiter, Monsieur, en ennemi vaincu.
Je vous torturerai d'une âme très savante
Et me ferai votre expiation vivante ;

11

Et vous verrez, vous qui craignez d'entrer au port,
Qu'une femme est plus lancinante qu'un remords !

ADRIEN.

Oui ! mais non quand sa voix si divinement chante !
Je t'attendais sévère et te trouve indulgente,
Si bien que je ne sais, tant je me sens confus...

JEANNE.

Cela te change un peu, dis ! de ce que je fus.
Oui ! j'étais peu ta femme et beaucoup ta marâtre,
C'est vrai ! toujours intransigente, acariâtre !
Mais tu verras combien mon cœur s'est assagi.

ADRIEN.

Et qui donc t'a changée ainsi !

JEANNE.

                    J'ai refléchi !

ADRIEN.

Réfléchi... toute seule ?

JEANNE.

                    Oui ! pourquoi cet air triste
Brusquement ? Qu'as-tu donc ?

ADRIEN.

N'insiste pas !

JEANNE.

J'insiste
Au contraire !

ADRIEN.

Mais rien !.., un furtif souvenir !...

JEANNE.

Ces souvenirs furtifs, il faut tous les bannir !

ADRIEN.

Jeanne ! n'outrage pas mon âme de la sorte !
Juge-la mieux ! Elle est résignée et plus forte
Que jadis ! Pourquoi donc vouloir recommencer,
Par un nouveau mensonge, un fragile passé ?

JEANNE.

Mais de quel mensonge ?...

ADRIEN.

O Jeanne, ma pauvre Jeanne !
Goûtons, sans la souiller, notre dernière manne !

Je sais tout et ne veux te demander plus rien,
Mais j'ai compris mon mal en apprenant le tien!
Les pleurs que ton erreur m'a fait verser m'aidèrent
A comprendre à quel point nous étions solidaires!
Chacun de mes soupirs me rapprochait de toi!
Pour te purifier, pour te rendre ta foi,
Pour rayer de ton cœur cette strophe si noire,
J'aurais voulu mourir jusque dans ta mémoire
Être ignoré de toi, n'avoir été jamais!

JEANNE.

Le passé soit donc mort! Renaissons désormais!

ADRIEN.

La nue emporte-t-elle au fond du ciel la fange?
Dégage-toi de moi pour redevenir ange,
Car j'incarne la faute et je dois m'effacer!
C'est moi qui, traversant en démon ton passé,
Avec moi t'ai fait choir et malgré que tu fisses.,.

JEANNE.

Le Bien a souvent pour agent secret le Vice!
Loin de me faire choir, tout ce que j'ai souffert
A rendu mon espoir plus fertile et plus vert.

Tandis que tu croyais à notre mort fatale,
J'étais, de notre foi commune, la Vestale !
J'entretenais le feu que tu croyais éteint,
Et t'attendais toujours les yeux dans le lointain !
De tes fantômes donc fais fuir la vaine horde
Et viens boire à l'amour dont mon âme déborde !

ADRIEN.

Se peut-il?... Un instant mets tes yeux dans mes yeux !
Que ton regard est pur et ton front radieux !
Ainsi?... Jeanne !... dis-moi...

JEANNE.

       Mon ami, tu m'effraies !

ADRIEN.

Le Clos...

JEANNE.

   Eh bien ?

ADRIEN.

     Eh bien !... la chose est-elle vraie ?

JEANNE.

J'avais peur de comprendre et je comprenais bien ;

   (Sanglotant,)

Mais tu ne crois donc plus qu'au mal ? pauvre Adrien !

ADRIEN, se jetant à ses pieds.

Jeanne! ne pleure pas! à genoux je t'en prie.
Tu viens de refleurir ma pauvre âme flétrie,
Oh! je le jure! non! je ne crois plus au mal,
Car ils furent, tes pleurs, un divin flot lustral,
Jeanne! Jeanne! merci, d'avoir su rester pure
Et d'avoir triomphé des malfaisants murmures
Dont mon ignoble fuite a dû remplir ton corps :
Agonisant, j'aurai du moins revu le port!
     (Baisant les mains de Jeanne.)
Allons! Je ne veux plus, maintenant, que tu pleures!

JEANNE, avec embarras.

Adrien! il ne faut pas me faire meilleure,
Pourtant, que je ne suis : Pendant mon désespoir,
Quand tu partis, Le Clos n'aurait eu qu'à vouloir...

ADRIEN.

Lui?

JEANNE.

Le Clos est bien ton ami plus que personne!

ADRIEN.

Pourquoi donc permet-il alors qu'on te soupçonne?

Car par lui, par lui seul, en mon cœur fut semé
Ce soupçon qui m'a fait indigne de t'aimer !...
Ne trouvant loin de toi rien qui me satisfasse,
Je conservais encor l'espérance vivace
Que tu demeurerais telle que je te vois
Pour m'accueillir un jour, le pardon dans la voix,
Pour m'accueillir ainsi que tu fis tout à l'heure !
Mais dès que cet espoir m'apparut comme un leurre ;
Après avoir lutté quand je fus bien certain,
Je sentis en mon cœur comme un Ciel qui s'éteint !
Et seulement alors mon âme à demi morte,
Pour rejoindre mon corps, a franchi cette porte.

JEANNE.

A nous deux, nous savons ce qui peut rapprocher :
Toi, ce qu'il faudra fuir ; moi, ce qu'il faut chercher !
Dans la main du malheur tu ne fus qu'un otage ;
Te voilà délivré ! Que veux-tu davantage ?
Oh ! va ! ne me plains plus ! j'ai moins que toi souffert,
Car je sondais le Ciel quand tu sondais l'Enfer !

ADRIEN.

Oui ! j'ai sondé le gouffre où l'âme s'évapore,
Impuissante, fuyant à travers chaque pore !

Oh! oui! c'est bien l'Enfer; c'est lui-même, en effet,
Que j'ai, depuis dix mois...

(Il aperçoit Le Clos debout à la porte du fond.)

SCÈNE V

ADRIEN, JEANNE, LE CLOS

ADRIEN, à Le Clos.

            Mon ami, qu'as-tu fait?
Quel plaisir as-tu pu puiser en ma torture?

LE CLOS.

Oui, l'épreuve fut longue autant qu'elle fut dure.
Mais aurais-tu vraiment trouvé juste, dis-moi?
Que l'innocente Jeanne eût souffert plus que toi?
Le rôle est trop aisé, mon cher, d'enfant prodigue!
L'on part, l'on fuit, et dès la première fatigue
On revient, l'œil mouillé, demander son pardon;
Et ce *meâ culpâ* suffirait? Eh bien! non!
La paix acquise ainsi est une paix impie,
Car avant d'oublier, il faut que l'on expie!

ADRIEN.

Mais tu ne sais pas tout!

LE CLOS.

      Au contraire! je sais,
Et Jeanne sait aussi, tes dettes, tes excès,
Et la désertion des vénales caresses
Faisant la solitude autour de ta détresse!...

ADRIEN.

Jeanne sait?... Malheureux! Mais peut-être elle croit
Que je ne viens ici... Jeanne! sais-tu pourquoi
Je suis venu te voir avant de disparaître?
Je ne venais que pour purifier ton être;
Pour effacer le mal que je croyais éclos
Par ma faute!... pour te faire épouser Le Clos!...
Oui! oui! t'unir à lui, moi! car ce mariage
En précoces aveux eût converti l'outrage.
Te réhabilitant, je n'aurais, dans la mort
Éteint que des regrets et non plus des remords.

LE CLOS.

Des mots! toujours des mots, du facile lyrisme!
Courage d'un instant n'est pas de l'héroïsme!

Un coup de pistolet est plus tentant encor,
Pour échapper au mal, que de longs mois d'efforts;
Et par-dessus le compte, on fuit de cette geôle
Entouré de regrets et ceint d'une auréole!...
Eh bien! non! le devoir est moins vite épuisé,
Beaucoup moins poétique et surtout moins aisé,
Mon cher!...

ADRIEN.

Mais de quel droit t'instituer mon maître
Et constamment entre Jeanne et moi t'entremettre?
Suis-je majeur ou non?

LE CLOS.

Pas encor pour l'instant!
Mais tu le deviendras peut-être en m'écoutant.

JEANNE.

Pourquoi rouvrir toujours le gouffre qui se ferme?

LE CLOS.

Son cœur est labouré : jetons-y le bon germe!
L'honneur et la beauté sont, comme la moisson,
L'effort laborieux de toute une saison!
Et nous allons savoir si son âme assagie

Se sent capable encor de féconde énergie,
Et, selon la lueur qui fleurira sa nuit,
S'il vous aime vraiment ou s'il n'aime que lui!
        (Changeant de ton : à Adrien.)
Là, faillite d'argent! ici, faillite d'âme!
Comment vas-tu payer tout ce qu'on te réclame?

ADRIEN.

Tu le sais!

LE CLOS.

En mourant! Soit! si cela te sied,
Meurs! ou plus justement, mon cher, lève le pied!

ADRIEN.

Non! c'est trop!

LE CLOS.

Oui! c'est trop, parce que c'est logique!
Qu'on parte pour la lune ou bien pour la Belgique,
Farce ou drame, à mes yeux c'est la même action;
C'est le travail qu'on fuit, et l'expiation.
Eh bien! va te tuer! moi j'ai fini ma tâche :
Tu n'as été, tu n'es, tu ne seras qu'un lâche!

JEANNE.

Non! tu n'es pas un lâche! Adrien! je sais, moi,

Que tu ne peux me fuir une seconde fois!
Le Clos t'a mal compris! explique-lui toi-même!...

LE CLOS.

Tu vois bien à quel point la malheureuse t'aime;
Mais tu ne la dis pas, la phrase qu'elle attend!

ADRIEN.

Pourquoi me torturer? C'est ta faute, pourtant
Si je n'ai pu rentrer ici la main ouverte
Pour accepter la paix si largement offerte!

LE CLOS.

Oui! car je te voulais et plus mâle et plus fier.
Vil à qui le reçoit, noble à qui le conquiert,
Le pardon ne saurait être ce que tu penses :
Où tu cherchais l'oubli, cherche une récompense!

JEANNE.

L'argent, n'y pense plus! tout est payé depuis
Longtemps!...

ADRIEN.

Par qui?

JEANNE.

Par moi!

ADRIEN.

Malheureux que je suis!
J'apparais, que je meure ou que je vive, infâme!

JEANNE.

Autant qu'à toi, ton nom appartient à ta femme!

LE CLOS.

Autant qu'à toi, ton nom appartient à ton fils!

ADRIEN.

Que dois-je faire, enfin!

LE CLOS.

Lève le front et vis!
Vis! pour guérir ton cœur ainsi que ta pensée,
Et pour recommencer l'œuvre mal commencée!

ADRIEN.

Mais on va croire...

LE CLOS.

On le croira certainement,
Et ce sera, mon cher, ton premier châtiment
Que d'avoir contre toi l'opinion des foules !
Ne t'abandonne pas ! fais tête à cette houle !
Brave cette hydre, enfin, que tu courtisais trop,
Heureux si ton travail met ton âme en repos !
Chérir sa vie ainsi que son meilleur poème ;
Songer à l'ennoblir jusqu'à l'heure suprême ;
Avoir un idéal ; être le puissant roi
Du peuple de désirs que chacun porte en soi ;
Discipliner sa chair afin d'avoir sans trêve
Un corps prêt à lutter pour protéger un rêve,
Voilà l'œuvre, l'œuvre à laquelle il va falloir
Donner tous tes efforts et tout ton bon vouloir !

ADRIEN.

Dois-je essayer ?... Eh bien soit ! j'accepte la lutte !
Il n'existera pas d'effort qui me rebute.
Périsse l'art, si l'art doit pour être vainqueur
Donner la vie au marbre et l'enlever au cœur !
Je veux tâcher d'être homme !...

LE CLOS.

                    Alors c'est chose faite !
Lutte ! et l'on t'absoudra même dans la défaite !

JEANNE.

Comme l'air, tout à coup, est devenu moins lourd !

ADRIEN.

N'est-ce point la pitié que tu prends pour l'amour ?

JEANNE.

Oh ! non ! ce que je sens...

LE CLOS.

                    Il vaudra mieux, je pense,
Élucider ce point subtil en mon absence !
Du reste, je vous laisse et même pour longtemps,
Mes amis !

JEANNE.

Vous partez ?

LE CLOS.

            Mais oui ! Dans un instant !

ADRIEN.

Quoi? Fuir ton œuvre ainsi sans même avoir envie...

LE CLOS.

J'ai depuis quelques mois si bien faussé ma vie,
Et j'ignore à tel point, dans tout ce branle-bas
Ce qui vit en mon être ou ce qui n'y vit pas,
Que j'ai hâte d'aller, au rythme sourd des lames,
Mettre en ordre mon cœur et vaquer à mon âme!

Paris. — Typ. Chamerot et Renouard, 19, rue des Saints-Pères. — 38306